PLUS SIZE-GUDINNE - EN NOVELETTE

Cathy McGough

Stratford Living Publishing

HVA LESERNE SIER...

U SA.

"Dette var en morsom liten bok om en ung kvinne som har vært overvektig mesteparten av livet, men som etter livsstilsendringer og selvdisiplin begynner å se sin indre skjønnhet så vel som sitt ytre utseende. Mye humor gir liv til denne kjappe lesningen, i tillegg til noen refleksjoner om samfunnets kvinnesyn. Jeg må si at jeg likte bestevenninnen hennes enda bedre enn hovedpersonen!"

"Christina er en karakter jeg kan identifisere meg med. Jeg leste den i ett strekk over en kopp kaffe, og kan lett anbefale deg å ta en pause og gjøre det samme."

"Jeg likte denne historien, og stemningen var ganske lett og munter."

"Dette er en av de historiene som vil gi gjenklang hos så mange, meg selv inkludert. Det er mye humor i denne historien. Christina tar ikke seg selv for alvorlig. Etter hvert som selvtilliten hennes vokser, blomstrer hun opp."

"Selv om jeg er litt lubben, liker jeg Christinas morsomme utbrudd om livet. Det er lett å identifisere seg med henne."

"Jeg likte denne raske lesningen. Den treffer alle de riktige knappene når det gjelder kampen vi møter på veien mot vekttap.

STORBRITANNIA.

"Dette er en herlig liten bok om en kvinne som har forandret kroppen sin, men som sliter med å akseptere at hun ikke er den samme som før. Karakterene er flotte, handlingen beveger seg raskt fremover, og man føler virkelig med hovedpersonen."

Innhold

"Magi er å tro på seg selv,

hvis du kan gjøre det,

kan du få alt til å skje."

Wolfgang Von Goethe

Til BFFS overalt for alt dere gjør!

KAPITTEL 1

Jeg kjøpte nesten en ny kjole i dag. Det skulle være for å feire at jeg hadde nådd neste nivå i vektreduksjonsmålet mitt. Treneren min hadde hatt rett: Det hadde lønnet seg å øke treningsmengden til én time seks dager i uken.

Da jeg var inne på kjøpesenteret, strømmet som vanlig den søte duften av kanelbollegodt mot meg. Jeg trakk pusten dypt og kalorifritt, mens jeg forestilte meg at jeg skulle sette tennene i en. Bare én bit ville være nok. Men nei, jeg hadde jobbet altfor hardt for å gå ned i vekt - i dag måtte det være nok å puste den inn.

Hvis du noen gang har vært på en streng diett - jobbet ræva av deg for å komme i form og bli sunn - vet du nøyaktig hva jeg snakker om.

Goddess Creator Fashion var dit jeg var på vei. Det var min favoritt-tbutikk, en komfortsone for meg. Et tilfluktssted i litt over fem år. På den tiden var det den eneste butikken som tilbød moteriktige klær for store, unge kvinner.

For å være ærlig, da jeg var på mitt største - størrelse 20 - hatet jeg å handle klær mer enn noe annet. Vel, nest etter å gå på treningssenteret eller trene, da. Men denne butikken gjorde klesinnkjøp til en lidenskap igjen. Før det var jeg en tufs. Jeg visste det, og alle rundt meg visste det - men ingen sa det til meg. Det var imidlertid noe jeg sa til meg selv hver dag når jeg så meg i speilet. Jeg var hard mot meg selv.

Så kom Goddess Creator Fashion inn i livet mitt. Jeg fant ekte blå jeans. T-skjorter som dekket rumpa mi. Ankelstøvler. Å si at jeg gjenoppdaget mote er ikke en undervurdering i det hele tatt. Jeg visste ikke hva jeg gikk glipp av før jeg fant Goddess. Stedet ga meg selvtilliten tilbake.

Jeg beundret noen antrekk med tilbehør som var utstilt på plus size-mannekengene i vinduet. Det var en søt, svart kjole i kontrast til et knallrødt skjerf. Jeg ville ikke få så mange anledninger til å bruke den, siden jeg jobbet på et kundesenter, og de eneste som så meg, var kollegene mine. Men julebordet var om bare noen måneder. Da kunne jeg definitivt bruke den. Kanskje jeg ville slå noen i bakken, hvis ikke, ville jeg i hvert fall imponere meg selv.

Jeg gikk inn og tok to størrelser, siden jeg ikke var sikker på hvilken størrelse som ville passe meg i dag. Jeg hadde ikke unnet meg et antrekk på flere måneder. Det var alltid bedre psykologisk sett å nå et mål før jeg prøvde nye klær. Men jeg kommer inn på noe annet.

Da jeg var inne i garderoben, tok jeg på meg kjolen og kjente det silkemyke stoffet stryke mot den bare huden min. Det føltes godt, glatt og dyrt. Jeg betraktet meg selv i treveisspeilet, snudde meg hit og dit for å få med alle vinkler - men det var likevel noe ved den som ikke føltes riktig. Det var ikke fargen, for den svarte fargen passet fint til den bleke huden min og det lange, mørke håret.

Jeg gikk utenfor. Tok et pent skjerf med broderte gulltråder rundt kantene og la det rundt halsen/skuldrene. Det hjalp noe, men det var fortsatt ikke riktig. Jeg fant det røde skjerfet, det jeg hadde sett på dukken i vinduet, og prøvde det. Men selv om kjolen var fantastisk, og skjerfet var fantastisk - følte jeg meg ikke fantastisk. Hva i...?

Det var noe med den som ikke stemte. Jeg satte opp håret i troen på at det kunne hjelpe, for å vise litt av utringningen, men det fungerte heller ikke. Kanskje den var for elegant for meg?

Jeg gikk ut i butikken og valgte noen smykker i et siste forsøk på å fikse det som var galt. Men det fungerte fortsatt ikke, selv om jeg elsket kjolen.

Jeg gransket meg selv i helfigurspeilet fra topp til tå, og det gikk opp for meg hva som var problemet. Selv om kjolen var i en mindre størrelse, passet den meg ikke lenger. Stilen, stoffet og flyten i den var for større kvinner. En skremmende tanke slo meg - i denne kjolen så jeg fortsatt feit ut. Jeg følte meg fortsatt tjukk.

Det ga ingen mening. Jeg hadde bokstavelig talt jobbet ræva av meg og gått ned noen størrelser, men jeg var langt fra tynn. Alt i skapet mitt var et Goddess Creator Fashion-plagg. Hvorfor dette? Hvorfor nå? Jeg måtte finne en ny butikk.

Jeg trengte en second opinion, så jeg gikk ut i hovedbutikken og så meg rundt. Det var travelt og vanskelig å fange noens blikk, men til slutt kom en av ekspeditørene bort. Hun begynte straks å skryte av hvor fantastisk jeg så ut. Hun sa at kjolen var helt meg. Problemet var bare at jeg ikke trodde henne heller. Selv ikke da hun ba meg snurre rundt og stoffet svaiet. Selv da totalt fremmede, andre kunder kom bort og begynte å gi meg komplimenter for kjolen også. Jeg takket dem og gikk inn igjen for å skifte til vanlige klær. Jeg syntes fortsatt at den så forferdelig ut, men i bakhodet lurte jeg på - hva om de så noe i meg som jeg selv ikke så?

Jeg ordnet håret og tok på meg litt sminke, mens jeg fortsatt tenkte på kjolen. Før jeg gikk ned i vekt, var det å få en kompliment like sjelden som å få en svart rose. Jeg tok på meg sokker og sko ... Kjæresten til Nicholas Cage ville ha en svart rose før hun giftet seg med ham, så han kjøpte en til henne. Visste du at de bare vokser i Tyrkia? Ja, de vokser bare i Tyrkia. Så du skjønner hva jeg mener. Svarte roser er like sjeldne som å få komplimenter når du er overvektig. Men å få en svart rose fløyet til den andre siden av jordkloden - det er romantisk!

Jeg samlet sammen tingene mine og gikk gjennom butikken. Jeg bar kjolen og la den tilbake der jeg fant den. Da jeg skulle til å gå, tok noen tak i armen min. Det var ekspeditrisen.

Hun trakk kjolen ut av utstillingen igjen og sa: "Den er helt deg!" Så gikk hun mot kassaapparatet.

Jeg kjente at jeg lyste opp som et juletre. Hun fortsatte å skryte, og jeg lot henne gjøre det mens jeg tenkte på hvordan jeg skulle komme meg ut av situasjonen. Jeg vurderte å snu og stikke av.

"Og det er den aller siste i butikken", sa hun mens hun skannet kjolen.

"Jeg vil ikke ha den," utbrøt jeg.

"Jeg har allerede begynt å ringe den inn", sa hun med en surmunn mens hun fortsatte å brette den sammen slik at den fikk plass i Goddess Creator Fashions resirkulerbare pose.

"Beklager, men jeg har ombestemt meg", sa jeg. I hodet mitt var det høyt, men ikke i virkeligheten. Da hun rykket nærmere, sa jeg, nesten som et rop: "Jeg - vil - ikke - ha - den."

"Men det er den siste! Og jeg har allerede skannet den inn!" sa hun så høyt at jeg sverger på at alle kleshengerne i butikken ristet. Hun begynte å brette kjolen. Hun la den ned i vesken. Hun rakte posen til meg.

Jeg lente meg nærmere, mens de andre kundene begynte å omringe meg i påvente av bråk.

Hånden min tok vesken før hodet mitt rakk å stoppe den. Jeg lurte på om noen filmet oss for å legge dette ut på YouTube. Alle filmet alt nå for tiden. Andre kunder samlet seg rundt oss som om vi var et tivoli på et tivoli.

"Avlys det", sa jeg. "Vær så snill."

Hun trakk pusten dypt et øyeblikk, som en ballong som var klar til å eksplodere. Hun tutet som om jeg hadde begått en forbrytelse.

Jeg la kjolen på disken og tok et skritt tilbake, tråkket noen på tærne, og de hylte. Forferdet snudde jeg meg med intensjon om å løpe. Ved utgangen stoppet jeg igjen da en kvinne tok tak i armen min.

KAPITTEL 2

H UN HOLDT MEG I et fast grep, med røde klør som presset seg inn i huden min. Øye mot øye trakk jeg armen bort fra henne. Vi sto ansikt til ansikt. Tå mot tå. Vi vurderte hverandre.

Hun var høy og stor i størrelsen - ingen stor overraskelse siden dette er en butikk for store størrelser. Hun hadde på seg en svart dress med en skreddersydd blazer. Blazeren satt perfekt, og sammen med det stramme, nålestripete skjørtet fremhevet den figuren hennes. Hun toppet looken med et rødt skjerf rundt halsen. Det lange, svarte håret med en frynse i pannen rammet ansiktet hennes godt inn. Hun var ekstremt stilig, ja, hun så til og med fornem ut.

Vi lo da hun slapp armen min.

"Unnskyld," sa hun. "Jeg kunne ikke unngå å overhøre diskusjonen du hadde med salgsrepresentanten for litt siden."

"Hva da?" spurte jeg litt defensivt - jeg tenkte at hun kanskje var fra motepolitiet.

Da hun ikke svarte, ble jeg irritert og gikk et skritt nærmere døren. Hun fulgte meg tett som en skygge. Hva i alle dager? Kunne de tvinge meg til å kjøpe en kjole jeg ikke ville ha eller likte, bare fordi jeg prøvde den? Nei, selvfølgelig ikke. Dette var Amerika, og ingen kunne tvinge meg til noe som helst. Ikke sant?

"Det er bare det at ..." Hun stoppet opp og så seg rundt. Som om hun var redd for at noen skulle tjuvlytte.

Jeg trakk pusten dypt. "Ja?"

"Jeg er eieren av Goddess Creator Fashion, og jeg vil gjerne spandere en kaffe på deg", sa hun. Dette var et sjokk, og jeg sa ingenting. "Får jeg spandere en kopp kaffe?"

Det hele virket litt mistenkelig, så jeg sa fortsatt ingenting.

"Jeg vil gjerne ha en liten prat," sa hun, "tro meg, det vil være vel verdt det."

"Å prøve klær er et tørstende arbeid," sa jeg og smilte. Det traff lattermuskelen hennes, og hun ga fra seg en smittende, brølende latter som grenset til et hyl. Jeg lo av latteren hennes, og vi forlot butikken.

Mitt opprinnelige inntrykk var at hun sannsynligvis var en størrelse 44 eller 44, men nå, slik jakken hennes ristet når hun lo, tenkte jeg at dressen kanskje hadde den slankende effekten jeg hadde hørt om på YouTube. Denne jenta, en modell, hadde laget et klipp om hvordan man kan slanke seg ved å velge riktige stoffer og snitt. Denne kvinnen visste hvordan hun skulle fremheve figuren sin.

Vi hadde ikke noe annet å gjøre og var nysgjerrige da vi forlot butikken. Da vi var ute, kunne hun ikke tvinge meg til å kjøpe noe.

Vi gikk ut i kjøpesenteret og tok rulletrappen ned til en liten kafé i første etasje nær inngangen. Selv om det var fullt, fant personalet straks et bord til oss.

Verten tok oss med på en omvisning. Vi gikk forbi bakverk, paier og pavlovaer. Kokkene var i full gang med å bake i baklokalet, og deilige dufter veltet ut mot oss. Da vi kom frem til bordet vårt, falt jeg ned i stolen og følte at jeg nettopp hadde inntatt hundrevis av kalorier.

Servitøren var der i løpet av sekunder, og kvinnen bestilte en varm sjokoladecroissant og en Café Latte. Jeg bestilte en Skinny Cappuccino, og vi ventet et øyeblikk før drinkene våre kom.

"Du er en opprører", sa hun mens hun nippet til drinken sin og skar en grimase.

Jeg kom ikke på noe passende svar, så jeg så på at hun helte en, to, tre, fire, fem pakker med søtningsmiddel i drinken sin. Sukkeret la seg på toppen som et fjell mens hun brettet hver papirpakke sammen til små firkanter. Da sukkerberget sank, rørte hun rundt i kaffen og tok en lang slurk. Kort tid etter kom croissanten, og hun begynte å spise den med kniv og gaffel. Den hadde blitt varmet opp, og sjokolademassen rant ut over hele tallerkenen. Hun spiste den raskt og brukte fingeren til å tørke opp sjokoladen som hun ikke fikk opp med gaffelen.

Jeg tok en slurk av kaffen min mens hun bestilte en ny Café Latte, denne gangen Skinny. "Du må vite når du skal stoppe", sa hun og smilte.

Jeg nikket og følte meg urolig. Telefonen min plinget på kommando, og jeg stakk hånden ned i vesken og tok den frem. Bare en melding fra Facebook om at noen var LIVE - Jamie Oliver. Jeg kunne ikke se på ham denne gangen. Jeg skrudde av volumet og begynte å putte den tilbake i vesken.

"Har du noen gang jobbet som modell?" utbrøt hun.

Jeg mistet Samsung-en på gulvet, og innvollene rant ut. Jeg så henne rett inn i øynene for å se om hun mente det - hun virket seriøs - og så bøyde jeg meg ned, satte inn batteriet igjen og startet telefonen på nytt. Jeg svarte på spørsmålet hennes med mitt eget spørsmål: "Tuller du med meg?"

Hun tok en ny slurk av latten sin. "Nei, jeg tuller ikke."

"Men det må du være. Eller er du gal?" Notat til meg selv: Dette er ikke måten å vinne venner eller påvirke folk på.

"Hvorfor", spurte hun, etterfulgt av: "Du er fantastisk."

I hodet mitt tenkte jeg tilbake på alle de gangene jeg som liten jente hadde latt som om jeg var modell. Jeg gjorde det bare bak lukkede dører, så ingen visste det. Jeg var tjukk i trynet helt fra jeg kom ut av mors liv. Hun måtte sy, den historien hørte jeg om og om igjen. Jeg pleide å stjele mammas høye hæler, kjoler og tilbehør. Jeg sprayet til og med litt av parfymen hennes på og sminket meg også. Så lagde jeg en liksom-catwalk på sengen min. Jeg spaserte opp og ned langs enkeltsengen min, og hælene mine vippet frem og tilbake (akkurat som hos de ekte modellene jeg så på TV) på grunn av den spretne madrassen min. Jeg hadde til og med en tiara i plast som det sto prinsesse på, og som jeg hadde fått i bursdagsgave. På den tiden var jeg modell og prinsesse på én gang.

Lyden av skjeen hennes som slo mot sidene av kruset mens hun rørte i det, fikk meg tilbake til virkeligheten. "Nei, det har jeg ikke", sa jeg med det jeg håpet hørtes ut som overbevisning.

Kvinnen kastet hodet bakover og lo høyt igjen da en servitør kom bort til oss. "Vil dere ha noe annet?"

Vi takket nei, og hun kom med litt vann.

Det slo meg at denne kvinnen, som ikke engang hadde presentert seg ordentlig ennå - jeg hadde for pokker ikke gitt henne navnet mitt heller - prøvde å lokke meg til å gå tilbake og kjøpe kjolen. Det måtte handle om kjolen. "Jeg kjøper fortsatt ikke den kjolen," sa jeg brått, "uansett hvor mye du smigrer meg."

Hun kastet hodet bakover, og jeg trodde hun skulle bryte ut i et nytt latterbrøl, men denne gangen gjorde hun det ikke. I stedet lente hun seg nærmere meg, endret masken til en dypt alvorlig maske og sa: "Jeg synes du håndterte det der borte på en veldig stilig måte. Du mistet ikke fatningen, og jeg er enig med deg - kjolen var ikke deg." Det fikk oppmerksomheten min. Jeg lente meg inn.

"Vi i Goddess Creator Fashion ønsker ikke at kundene våre skal leve i fortiden. Vi vil at kvinner som deg skal kjøpe klær som passer til deres nåværende behov." Hun tok en slurk vann, svelget, grøsset og fortsatte: "Jeg ser at du har gått ned litt i vekt i det siste. En god del, kanskje?"

Jeg sendte henne et smil som fortalte henne alt hun trengte å vite, uten at hun trengte å si et eneste ord.

"Så nå er du en kvinne i overgangsfasen. Du vil gå ned mer, og mens du går ned, vil du kle deg vakkert, føle deg vakker, og den kjolen fikk deg til å føle deg som den personen du var før, ikke sant?"

Uventet strakte jeg meg over bordet og håndhilste på henne. Hun kjente meg, og vi hadde nettopp møttes. Jeg følte meg sjenert nå, som om hun kunne lese tankene mine, men også komfortabel med at hun kjente meg. Jeg følte meg ganske fornøyd med meg selv, og kanskje til og med litt overmodig.

"Får jeg spørre hvorfor du prøvde den i det hele tatt? Hvorfor tok du den med til disken eller vurderte å kjøpe den?"

Jeg svarte med en gang, rett fra hjertet: "Jeg prøvde å få meg selv til å se bedre ut på utsiden, slik at jeg skulle føle meg bedre på innsiden - men det hadde motsatt effekt." Jeg la hendene over ansiktet for å dekke over rødmen.

"Åpne opp", sa hun, "du er en vakker jente uansett om du er størrelse 20 eller 10. Vil du vurdere å prøve deg som modell for Goddess Creator Fashions nye kolleksjon? Vil du tenke på det?" Hun ga meg visittkortet sitt og betalte regningen. Vi håndhilste. "Ring meg," sa hun, "men ikke bruk for lang tid."

"Jeg skal ringe deg," sa jeg, vel vitende om at jeg ikke ville gjøre det.

"Jeg forventer å høre fra deg om en uke. Ballen ligger hos deg - for jeg vet ikke engang hva du heter, og jeg har ingen mulighet til å kontakte deg. Det er hundre prosent opp til deg", sa hun nesten som om hun visste det.

"Takk for at du tok deg tid," sa jeg da hun gikk, og hørtes ut som om hun var ekspeditør i en butikk. Duh. Det hørtes dumt ut med en gang jeg sa det.

Ansiktet hennes forandret seg, som om jeg hadde gitt henne en ørefik, men bare et øyeblikk. Så smilte hun stort og spurte: "Hva heter du, kjære?"

"Christina Langdon," svarte jeg.

"Vel, Christina Langdon, det var hyggelig å treffe deg, og jeg håper du holder kontakten. Vi møttes i dag ved en tilfeldighet. Noen vil kanskje kalle det skjebnen. Det er opp til deg om du vil utnytte situasjonen. Jeg håper du ikke lar denne muligheten gå fra deg. Det ville være et tap for Goddess Creator Fashion. Ha det," smilte hun, snudde seg og gikk sin vei.

Etter at hun hadde gått, satt jeg lenge og stirret ut i luften. Da de stengte kafeen, satt jeg fortsatt der og lot som om jeg drakk den samme koppen med vann da jeg innså at jeg burde fortelle Brandon om nyhetene mine. Jeg sendte en SMS - Goddess Creator Fashion vil at JEG skal prøve å bli modell!

Til det svarte min beste venn i hele mitt liv "HVEM ER DETTE?"

Da jeg leste det, plinget telefonen min, og det var Brandon. "OMG!" Brandon sa: "Min egen bestevenn skal bli modell for Goddess Creator Fashion!"

Han hørtes enda mer begeistret ut enn jeg var, og det var nettopp derfor Brandon Daley var min aller beste venn. Vi hadde vært venner før vi ble født - mødrene våre var bestevenner - og de hang ustanselig sammen mens de bar oss i magen. Vi var ikke i slekt gjennom blodsbånd, men vi var knyttet sammen gjennom vennskap og kjærlighet, og det var et ubrytelig bånd.

"Jorden til Christina," sa Brandon. "Yoo-hoo! BFF!"

Jeg hadde svevd bort i fantasien og ikke skjønt at han ventet på at jeg skulle fortelle ham alle detaljene. Alt hadde skjedd så fort. Det hørtes nesten for absurd ut å si det, å snakke høyt om det.

"Når du er ferdig på jobb, skal jeg fortelle deg alt om det."

"Ja visst, hold meg på pinebenken!" sa han, etterfulgt av "kjerring!" med en latter, og så brøt han forbindelsen.

Ah, det kjære ordet på fem bokstaver.

Jeg smilte og bestemte meg for å dra på treningssenteret. Trening var blitt som en religion for meg, noe som overrasket meg selv. Når jeg trente, kunne jeg løse problemer og tenke rolig og rasjonelt. Ingenting klarnet tankene mer enn en skikkelig treningsøkt.

KAPITTEL 3

PÅ VEIEN DIT MOTSTO jeg fristelsen ved å ignorere de ni gatekjøkkenene på veien. Å komme seg til treningssenteret var litt som å måtte løpe spissrotgang. Nå hadde jeg enda større grunn til å fortsette å slanke meg.

Hadde gatekjøkkenene en strategi for å fange opp folk på vei til eller fra treningssenteret? Sendte eiendomsmeglerne ut demografier om treningssentre? Jeg mener, ni på rad, to kvartaler fra treningssenteret, virket som en mesterlig markedsføringsplan for å lokke de lett fristede. Det ga mening, i en konspirasjonsteoretisk tankegang, og hvis det var sant, var det ondskapsfull sabotasje.

Derfor hadde jeg alltid en proteinbar i hanskerommet og en fruktbit i håndvesken. De jævlene fra hurtigmatkjedene saboterte definitivt ikke denne kjerringa.

Etter at jeg begynte å trene regelmessig, har jeg alltid hatt en treningsbag i bilen sammen med en flaske vann. Bare det å vite at jeg hadde alt klart til bruk på kort varsel, gjorde det mulig for meg å gå ned de første tjuefem kiloene. Jeg hadde fortsatt 25 kilo igjen, men det å ligge i forkant av søtsuget gjorde hverdagen enklere. Jeg var som en kriger rustet til kamp - organisert, fokusert og vinnende.

Første gang jeg gikk på treningssenteret, var jeg heldig. Jeg ble satt sammen med en trener som vurderte kondisjonsnivået mitt og la opp en plan i løpet av den gratis introduksjonstimen. Han heter Alex, er et par år eldre enn meg og er superheit. Alex oppmuntret meg og pushet meg på en forsiktig og fristende måte. Å gi opp var ikke noe alternativ. Det var Alex som foreslo at jeg alltid skulle ha en treningsbag klar. Jeg meldte meg inn samme dag, og har aldri sett meg tilbake.

Nå, som fullverdig klubbmedlem med legitimasjon, hadde jeg visse privilegier.

Jeg forsøkte å ikke se selvtilfreds ut da jeg spankulerte forbi den lange køen av nykommere (potensielle eller kommende klubbmedlemmer).

Jeg trakk kortet mitt, tok et skritt fremover, og kneet mitt traff porten som ikke hadde beveget seg. Jeg kikket meg over skulderen da jeg hørte en av nybegynnerne puste ut.

Jeg skannet passet mitt igjen og ba uten å bevege leppene. Igjen, ingenting. Denne gangen hørte jeg en lav latter fra køen. Den gjenkjente meg fortsatt ikke. Etter å ha forsøkt et par ganger til, hadde jeg ikke noe annet valg enn å snu meg mot køen og stille meg bakerst i køen, siden det bare var én mann på vakt.

Men med litt hjelp gjenkjente datamaskinen til slutt kortet mitt og slapp meg gjennom. Jeg tok meg sammen og var klar til å svette av meg hverdagens stress (og noen kilo) på rekordtid.

Når jeg kom til treningssenteret, var tredemøllen alltid første stopp for meg. Det var der jeg oppholdt meg lengst, så det var godt å få den ut av veien, og det virket også energigivende.

Hvis du ikke er en vanlig mosjonist eller ikke går på treningssenteret så ofte, er det vanskelig å venne seg til luktene. I dag, mer enn noen gang før, da jeg gikk ut på gulvet, traff den meg som en salutt. Du skjønner hva jeg mener hvis du noen gang har vært på et treningssenter selv - jeg skal ikke forklare mer. For de av dere som ikke går på treningssenter, er det den skarpe lukten av svette, blandet med kroppslukt, deodoranter, cologner og parfymer. Noen overdriver sistnevnte i håp om å skjule førstnevnte.

Selv om det var svett, var det en hyggelig tid å være der, med få posører (folk som ikke trengte å være der, men som bare hang rundt og så selvgode ut og irriterte oss andre). Klimaanlegget blåste som en kanadisk vinter, og det fikk meg til å svette av frysninger. Jeg måtte begynne å trene, og jo før jo bedre, slik at nesen min kunne bli blind for luktene og få varmen. Jeg begynte å angre på at jeg hadde spist proteinbaren i bilen for raskt, for den hadde ikke hjulpet stort på det lave blodsukkernivået mitt.

Nå var jeg fremme ved favoritt tredemøllen min (jeg brukte aldri andre, dette var min tredemølle, og hvis den ikke var ledig, endret jeg treningsrutinen min). Jeg plasserte vannflasken min i sporet, la håndkleet mitt på siden og satte fra meg pocketromanen. Det var en vampyrroman, med mange hete scener. Den perfekte distraksjonen, så jeg så ikke på tiden eller kaloriforbrenningen før jeg var ferdig.

Etter en forferdelig opplevelse med å lese Hemingway på tredemøllen, prøvde jeg å holde lesestoffet mitt lett. Den dagen da jeg begynte å trene, hadde jeg lagt For Whom The Bell Tolls på dashbordet på tredemøllen. Jeg begynte å gå i et jevnt tempo på nivå to av ti.

Hemingways forfatterskap har alltid fått meg til å glemme alt annet i verden enn boken hans, og denne gangen var det ikke annerledes. Jeg glemte helt at jeg gikk på en plattform i bevegelse, og resultatet var ikke bra. Boken min lå nemlig på dashbordet - du vet, der hvor alle kontrollknappene sitter? Så da jeg bladde i boken uten å vite det, berørte jeg knappen under og økte hastigheten på tredemøllen og endret nivå.

Den gikk sakte opp, gradvis. Jeg klarte meg fint, helt til den nådde 8,5. Jeg vet ikke helt hva som skjedde. Alt jeg vet er at jeg ga fra meg et bloddryppende skrik, og alle snudde seg for å se på meg.

Ansiktsuttrykket deres, som var ren panikk, er noe jeg aldri kommer til å glemme. Jeg var litt av et syn med Hemingwayen min knyttet i den ene hånden, mens den andre hånden desperat trykket på knappen for å bremse den forbannede greia. Uansett hva jeg gjorde, fortsatte den å øke farten.

Panisk og dum - jeg vet at det er en dårlig kombinasjon - trykket jeg på den RØDE Knappen, ja, det var nødstoppknappen. Den som kalte den det, hadde helt rett, for jeg stanset voldsomt opp. Etter det forbød jeg Hemingway å bli med meg på treningssenteret. Ville ikke du ha gjort det samme? Hemingway, som selv er en stor tilhenger av trening, ville helt sikkert ha tilgitt meg for utestengelsen.

Alt gikk som smurt på den gode, gamle tredemøllen i dag. Vampyrene distraherte meg akkurat passe, og etter at jeg hadde tørket av utstyret med et håndkle, gikk jeg over til romaskinen.

Det var på romaskinen jeg tenkte mest, siden jeg ikke kunne lese, og lydbøker ikke var min greie. Jeg satte meg ned mellom to kraftige, faderlige typer.

Da jeg først begynte å lære meg å bruke romaskinen, klarte jeg bare fem minutter, men nå kunne jeg ro i tjue minutter i strekk og øke farten etter hvert. Jeg spente fast føttene. Stillte inn tidtakeren. Trakk tøylene bakover og begynte å ro. Jeg så for meg at jeg skulle ro et eksotisk sted, som Canal Grande i Venezia.

Apropos gikk, de var snart borte; jeg mener de to karene på hver side av meg.

Nå kunne jeg ro alene i fred og tenke gjennom hele denne modellideen. Det trodde jeg i hvert fall.

Da jeg kom inn i rosporet og forestilte meg vannet foran meg, husket jeg første gang jeg prøvde vanngymnastikk. Da var jeg på min største størrelse, og jeg tok ikke lett på å kle på meg en badedrakt. Men det meste av meg ville være skjult under vannet når jeg først var i, så jeg gikk motvillig med på å prøve.

Da jeg kom til bassenget, tok jeg på meg en flerfarget badekåpe utenpå den heldekkende badedrakten. Jeg satte meg på kanten, slapp den fra meg og hoppet uti. Vannet var nydelig og overraskende varmt, og med bare hodet og skuldrene synlige ventet jeg tålmodig sammen med de andre jentene på at læreren vår skulle komme.

Da jeg så meg rundt blant de andre deltakerne, var jeg den eneste som var under 55 år. Ja, jeg var en jomfru innen vannaerobic. Ingen grunn til bekymring, tenkte jeg. Jøss, der tok jeg feil.

Da instruktøren vår ankom, en nydelig mann med blondt hår, solbrent fra topp til tå og en fysikk som jeg aldri hadde sett maken til, kom de andre damene og ropte til meg. Jeg kjente at jeg ble rød i kinnene av deres frekkhet. Han het Theo, og han tok det hele med fatning. Han var tydeligvis vant til å være i sentrum for oppmerksomheten.

Jeg fortsatte å ro og forsøkte å få tankene tilbake til modelltilbudet, men minnene om Theo tillot meg ikke å gjøre det.

Tilbake i bassenget ble vi bedt om å hente en "vannnudel" - det vil si en av de polyetylenskumdingsene som barna bruker. Theo instruerte oss deretter til å ri på denne nudelen som om den var en hest. Det tok ikke lang tid før jeg lo så mye at jeg ikke fikk gjort så mye. Noen damer så i min retning og himlet med øynene, noe som fikk meg til å le enda mer. Faktisk så mye at jeg skilte meg nok ut til å tiltrekke meg Theos oppmerksomhet, og han blunket i min retning. Jeg ble svimmel og prøvde å ta meg sammen.

Vi leverte inn nudlene og tok noen vannvekter. Det var utrolig hvor lette de var under vann. De andre damene løftet dobbelt så mye vekt som meg og gjorde løftene raskere og lettere. De viste seg frem. Jeg slet med å holde følge, mens solen stekte på oss og håpet at Theo snart ville si stopp.

Etter det var det som å ta ut et idrettslag på high school, og jeg var den siste som ble valgt. Vi løp stafett, og laget vårt vant. Premien til vinnerlaget var en sukkerfri ispinne. Premien til nummer to var også en sukkerfri ispinne. Som vinnere hadde vi førsteretten til å velge smak.

Dagen etter var jeg så støl at jeg ikke klarte å stå opp av sengen. Hver eneste del av meg, til og med håret mitt, gjorde vondt som bare faen. Det var da jeg bestemte meg for å legge om innendørstreningen, og oppdaget at jeg elsket roing.

Jeg måtte fokusere på Goddess Creator Fashion. Theo, jeg lurer på hva som skjedde med ham. Gudinne, fokuser, Christina. Vil jeg eller vil jeg ikke?

En av gutta ved siden av meg rodde ferdig og gikk. I det øyeblikket gjorde Vanessa Pringle sin store entré. Hun var en størrelse 0, og selv om hun og jeg hadde gått på samme high school i fire år, sverger jeg på at jeg aldri hadde sett henne ta en eneste matbit. Ironisk nok hadde hun samme navn som favorittpotetgullet mitt. Selv når hun var i kafeteriaen, bestilte hun aldri noe annet enn vann på flaske. Hun la det på et brett og mobbet de tyngre barna om hva de hadde på sitt. Jeg hatet henne og syntes synd på henne på samme tid. Jeg var overbevist om at hun var anorektiker. Hun måtte ha hatt et ganske trist liv siden hun fikk andre til å føle seg så dårlige.

Hun kom bort til romaskinen og kastet et blikk i min retning da hun så at jeg rodde i godt tempo. Hun gjorde som om hun skulle ro rett ved siden av meg. Innerst inne visste jeg at jeg kunne banke henne på denne maskinen hvis hun bare lot meg gjøre det. Jeg så i hennes retning, jeg som alltid var så glad i folk. Jeg forsøkte til og med å si hei.

Øynene våre møttes et kort øyeblikk, og så avviste hun meg totalt og gikk videre i retning posørene. Hun passet rett inn der, foran speilet sammen med de andre som likte å beundre seg selv mens de flekset og pyntet seg under treningen.

Da hun var borte, ville jeg tenke på modelltilbudet. Nå måtte jeg virkelig konsentrere meg.

Det gikk fint, mens gutta ved siden av meg kom og gikk. To andre satt på hver side av meg. Faderlige typer. Til venstre for meg var han i sekstiårene (pluss minus noen år), og til høyre for meg var han i førtiårene (kanskje i slutten av trettiårene.) Begge startet sakte, men kom raskt opp i et jevnt tempo.

Jeg begynte å telle. Det har alltid hjulpet meg å fokusere siden jeg var liten. Etter hvert som jeg telte opp, begynte jeg å øke farten, og snart rodde jeg så raskt at gutta på hver side av meg hadde problemer med å holde følge.

Jeg prøvde å la være å hovere, samtidig som jeg forsøkte å komme på én eneste god grunn til at jeg skulle takke nei til tilbudet fra Goddess Creator Fashion om å bli modell.

Først ble jeg helt blank i hodet. Det fantes ingen grunner til å takke nei til tilbudet. Men jeg var litt i tvil på grunn av min manglende erfaring. Jeg var sikker på at de ville ha en bootcamp eller en eller annen form for opplæring.

Administrerende direktør visste at jeg ikke hadde noen modellerfaring, og likevel hadde hun gitt meg tilbudet.

Det andre, det viktigste som holdt meg tilbake, var rett og slett frykt. Var jeg for feig, for redd til å vise meg frem? Ville jeg, kunne jeg være en inspirasjon, eller ville jeg bare være et mål for andre kjerringer som Vanessa?

Da jeg undersøkte disse følelsene av utilstrekkelighet og frykt, slo det meg. Siden de var på utkikk etter en Plus Size-modell til sin nye kolleksjon - hvorfor skulle det være noen andre? Hvorfor kunne det ikke være meg? Den som intet våger, intet vinner, ikke sant? Det var rart hvordan klisjeer alltid kom godt med når man prøvde å overbevise seg selv om å gjøre eller ikke gjøre noe.

De to karene hadde forlatt maskinene sine uten at jeg la merke til det før tidtakeren på min gikk av. Jeg stoppet, hektet meg løs og så meg rundt mens jeg fikk igjen pusten. Jeg tok en slurk vann.

På dette stadiet var jeg omtrent åtti prosent sikker på at jeg ville søke modelljobben. Jeg samlet sammen tingene mine og gikk bort til matten for å gjøre noen uttøyninger. Jeg løftet noen vekter med treningsballen som støtte, og så gikk jeg bort til den stasjonære sykkelen.

Vanessa kom til sykkelområdet fra den andre siden og ventet på at jeg skulle velge en sykkel, før hun satte seg ved siden av meg.

Jeg satte i gang med å sette alt i gang. Jeg begynte å ta på meg hodetelefonene da Vanessa sa noe. "Unnskyld, jeg hørte deg ikke. Jeg hørte deg ikke."

"Oi sann", sa hun, "dette er veldig pinlig. Jeg snakket ikke til deg. Jeg ville ikke distrahere deg fra å miste alt det der," - hun pekte på og pirket på omkretsen rundt midjen min. Hvem trodde hun at jeg var, Pillsbury Dough Boy?

Jeg dyttet bort hånden hennes, tok på meg hodetelefonene og fortsatte å tråkke og lese. Hun var så uhøflig, men jeg hadde ikke tenkt å synke ned på hennes nivå. I løpet av få sekunder kom det en flokk jenter til området der de bestemte seg for å ha en høylytt samtale.

Uansett hvor mye jeg skrudde opp musikken - og jeg fikk volumadvarsler - ble musikken overdøvet av deres spøkefullhet.

"Og så sa han ..."

"Og så sa hun..."

"Og så..."

I kor: "Åhhhhhhh!"

Jeg så meg rundt for å se om noen av trenerne la merke til latteren. Vanligvis ville de ha grepet inn nå og bedt flokken om å stikke av. Men slik gikk det ikke i dag.

Jeg håpet at hvis jeg ignorerte dem, ville de bare forsvinne, men et kvarter senere var de fortsatt like høylytte som før. Jeg slo av sykkelen og bestemte meg for å dra hjem.

"Ikke bli sint", sa Vanessa, "bare FORSVINN!"

Så originalt, tenkte jeg mens jeg gikk over gulvet og kjempet mot trangen til å gi henne fingeren. Jeg skulle akkurat til å gå inn i garderoben da jeg så den personlige treneren min, Alex, komme inn.

"Er alt i orden, Christina?" spurte han mens han tok meg på underarmen.

Vanessas flokk sluttet å snakke og stirret på Alex og meg. "Ja, jeg har det bra," sa jeg og smilte stort, "men jeg lurte på om jeg kunne få snakke litt med deg i enerom?" Jeg sa "på tomannshånd" litt høyere enn vanlig - og jeg sjekket at de hørte det.

"Javisst, kom inn på kontoret mitt og sett deg."

Vi gikk inn, og han lukket døren. Han satte seg ved skrivebordet, la hendene bak hodet og lente seg tilbake. "Hva kan jeg gjøre for deg?"

Magen hans, de flate magemusklene, de faste armene. For å være ærlig kunne jeg ikke svare på spørsmålet hans. Håndflatene mine var blitt helt svette. Særlig da jeg så for meg hvordan han klatret over skrivebordet og plantet det største og mest lidenskapelige kysset på leppene mine. Jeg trakk pusten og kjente at kinnene mine ble ekstremt varme. Så varme at han la merke til det og tilbød meg å drikke vann.

Jeg trakk pusten dypt og fortalte ham alt om modelltilbudet.

Han hoppet opp, og jeg lukket øynene i forventning om et kyss. Jeg følte meg så dum da jeg åpnet dem, og han sto der og så på meg. Det var pinlig, men han kastet armene rundt meg. Han luktet godt.

Da vi brøt omfavnelsen, smilte han. "Av alle mine praktikanter er det du som har jobbet hardest. Du har lagt ned mye tid. Selv da du ville gi opp, gjorde du det ikke. Jeg er stolt av deg. Jeg tror at alt frem til nå har forberedt deg på dette tilbudet."

Jeg følte meg helt rørt, som om jeg skulle begynne å gråte. "Takk skal du ha."

Jeg forlot kontoret hans vinglende som en geléklump. Foruten Alex var det rød gelé jeg hadde lyst på, rød jordbærgelé med en stor haug pisket krem på toppen. Gudskjelov hadde jeg et eple i vesken, og jeg siklet hele veien hjem mens jeg tenkte på Alex' magemuskler.

KAPITTEL 4

FØR DU FINNER UT av det selv, kan jeg like gjerne innrømme det. Jeg er 22 år gammel og bor fortsatt hjemme hos moren min og storebroren min.

Da jeg kom hjem, holdt mamma som vanlig på å lage mat. Jeg gikk bort for å gi henne en stor klem og for å se i gryten for å se hva som var i ferd med å koke. Mamma var og er en utmerket kokk, og som familie hadde vi forsøkt å jobbe sammen og spise sunnere. Vi spiser mye grønnsaker, litt protein og alltid litt frukt til dessert. Men det har ikke alltid vært slik. Før var vi enablers. Vi pleide å stresse mye. Etter at vi begynte å jobbe sammen som familie, har vi klart å holde hverandre på rett kjøl, og vi har også kommet nærmere hverandre.

"Hvordan har dagen din vært?" spurte hun mens hun rørte i spagettisausen.

Jeg kysset henne på kinnet og fortalte om treningsøkten min. Hun hadde allerede gjettet hvor jeg hadde vært, siden sminken min var flekkete og håret fortsatt var litt mer enn fuktig. "Har du kjøpt deg en ny kjole?" spurte hun. "Gå og hent den og vis den frem for meg."

Mamma var alltid sånn. Det var som om hun hadde en sjette sans for alt som angikk broren min eller meg. Jeg smilte og prøvde å la være å hovere, men jeg kunne ikke dy meg.

"Du ser ut som katten som svelget Tweety Bird. Hva er det som skjer?"

Da jeg ikke svarte med en gang, kom hun bort til meg og trykket leppene mot pannen min, slik hun hadde gjort en million ganger siden jeg var en liten jente med forhøyet temperatur. Vi trengte ikke noe termometer i huset vårt, for leppene hennes fortalte sannheten med hundre prosent nøyaktighet.

"Det var planen, mamma, å kjøpe en kjole, men det gikk ikke i dag."

Spagettisausen boblet rasende i bakgrunnen og kokte opp fordi hun hadde forsømt den. Den spyttet mot henne da hun rørte litt i den.

"Det er alltid i morgen," sa hun. "Da kan du finne på noe. Hvor gikk du, til Goddess Creator Fashion? Du finner alltid noe du liker der."

"Det var dit jeg gikk, jeg prøvde en kjole. Den var pen og sånn, men det var noe med den som ikke føltes riktig. Selv om jeg hadde gått ned litt i vekt, så jeg fortsatt tykk ut."

Mamma fortsatte å røre i gryten og tenkte seg nøye om før hun svarte: "Kroppen din har forandret seg, men tankene dine har ikke fulgt etter ennå - er det sånn?"

Mamma forbløffet meg alltid med sin skarpsindighet. Som så mange ganger før hadde hun truffet spikeren på hodet. Kanskje hun bare hadde den der ESP-greia til mamma. Osmose eller noe lignende. Så slo det meg - hvis jeg ikke fortalte henne det, og det veldig raskt, kunne hun faktisk gjette det med modellgreia. Det var for søkt. Og likevel hadde hun bedt meg om å stå modell for kjolen. Hadde hun en magefølelse, eller var det bare en tilfeldighet?

Hun fortsatte: "Jeg har vært på denne planeten i seksti år, og som du vet, har jeg gått opp og ned i vekt som en jojo."

Mamma gikk til kjøleskapet og hentet en haug med spinat, vasket den under springen, snurret bladene tørre i salatslyngen og slengte dem deretter ned i sausen.

Mamma var selv en plus size-gudinne, og hun oppdro meg til å bli det også. Da jeg så henne bevege seg rundt på kjøkkenet og ta seg av det hun elsket aller mest - å lage mat - strålte skjønnheten hennes.

Jeg husket da jeg ble mobbet på skolen fordi jeg var overvektig, og mamma fortalte meg hvordan hun også ble mobbet da hun var tenåring. Folk kunne være så slemme, så grusomme. Hvis jeg viste meg frem som plus size-modell, hva ville det gjøre med henne, med livet vårt? Ville det være som å fortelle alle i hele verden at vi var stolte av å være overvektige? Fat shaming var nasjonens yndlingsbeskjeftigelse.

Mamma kom bort til meg og ga meg en stor klem mens jeg var fortapt i tanker. Vi satte oss ned sammen og delte to fikenkaker og en kopp kaffe.

Nå ville jeg fortelle henne det, men det føltes fortsatt rart å si ordene høyt.

"Mamma, administrerende direktør i Goddess Creator Fashion har bedt meg om å prøve å bli en av modellene deres."

KAPITTEL 5

J EG ER IKKE SIKKER på om lamslått er det rette ordet å bruke for å forklare ansiktsuttrykket til moren min, men lamslått var hun i hvert fall. For første gang i hele mitt liv var moren min faktisk målløs.

"Mamma, går det bra?"

Stillheten hennes var nedslående. Jeg kunne nesten se hjulene snurre i hodet hennes. Var det røyk som kom ut av ørene hennes?

Hun ga fra seg en liten fnising, kvalte den, og fniste igjen. Hun gikk bort til sausen og rørte i den mens den knakk, spratt og spyttet en flekk på forkleet hennes.

"Jeg tuller ikke, mamma", sa jeg og rørte ved hånden hennes for å stoppe omrøringen, og så henne rett inn i øynene. "Det gjør jeg ikke. Det gjør jeg virkelig ikke."

Hun omfavnet meg som en orkan og glemte at hun hadde skjeen i hendene og kastet saus utover kjøkkenveggene og taket og meg. Nå som hun hadde fått med seg nyheten min, var hun så opprømt, men likevel klarte hun ikke å snakke.

Stillheten hennes var veldig merkelig. Mamma var sjelden stille, ikke når barna hennes hadde nyheter å dele, og spesielt ikke når det var en gladnyhet som dette. Det påvirket meg, for det brakte tilbake alle følelsene av tvil på meg selv, som jeg hadde jobbet så hardt for å overvinne og glemme på treningssenteret.

Jeg prøvde å se det fra hennes perspektiv. Var hun bekymret for at kvinnen lurte meg? At hun lurte meg? Jeg hadde vært godtroende før, men ikke når det gjaldt noe så viktig som dette. Jeg hadde blitt mishandlet. Mobbet, fordi jeg var naiv og trodde at folk var venner når de ikke var det. Kanskje hun trodde jeg ikke kunne gjøre det.

Hvis hun ikke trodde jeg kunne klare det, måtte jeg finne styrken i meg selv. Dette visste jeg, men likevel hadde jeg lyst til å løpe og lukke døren og aldri komme ut. har en sterk tendens til overdramatisering - jeg ber om unnskyldning på forhånd.

Jeg falt hardt ned i en kjøkkenstol, stappet enda en Fig Newton i munnen og ventet på at moren min skulle fortelle meg hva hun tenkte. Kjekspakken var halvfull, eller var den halvtom? Jeg kunne vente på henne med disse distraksjonene.

KAPITTEL 6

J EG VENTET OG VENTET, og så spiste jeg en Fig Newton til.

Mamma plukket opp pakken, lukket den og gikk bort til kakeboksen. Hun tok av lokket.

Jeg tok direktørens visittkort ut av vesken og la det på bordet ved siden av meg. Jeg gikk gjennom rommet og la kortet på bordet ved siden av der mamma lukket kakeboksen.

Så satte jeg meg ned igjen. Jeg så henne ta opp visittkortet. Hun så på det et øyeblikk, så gikk hun tilbake til sausen.

"Mamma?"

"Hva sa egentlig denne kvinnen til deg?"

"Hun spurte om jeg noen gang hadde tenkt på å bli modell."

"Og har du det? Jeg mener, har du noen gang tenkt på det?"

Jeg kjente at jeg ble rød i ansiktet. Mamma visste ikke om min "bed runway", om at jeg hadde på meg de høye hælene og smykkene hennes.

"Jeg har tenkt på det," innrømmet jeg, "men det er lenge siden da jeg var liten jente."

"Alle småjenter kler seg ut", sa mamma.

"Men det er ikke alle som blir invitert til å prøve å bli modell for Goddess Creator Fashion - eller hva? Og ikke av hvem som helst. Eieren og administrerende direktøren i selskapet inviterte MEG. Personlig. Hun så noe i meg."

Da jeg sa disse ordene høyt, følte jeg meg defensiv og sint.

Plutselig var jeg mer enn hundre prosent sikker på at tilbudet var til meg.

KAPITTEL 7

EG SKJØNTE AT MAMMA ville tenke over det jeg hadde sagt. Jeg lot som om jeg hadde en viktig beskjed og forlot kjøkkenet.

Da jeg satte meg ned, tastet jeg inn fru Sharon Lindts opplysninger på telefonen. Jeg ble så sint over mammas merkelige reaksjon. Først klemte hun meg og virket så opprømt at hun kastet saus rundt i rommet, og så ble hun helt zombie-aktig. For å trosse henne ringte jeg nesten fru Lindt og takket ja til tilbudet hennes med en gang.

Mens jeg ventet på at mamma skulle komme til fornuft, tenkte jeg av en eller annen grunn på pappa. Vi hadde ikke sett ham siden jeg var liten. Mamma snakket aldri om ham, og vi visste aldri hva som hadde skjedd med ham. Den ene dagen var han her, og den neste var han borte. Jeg tenkte på alle de gangene han satt på gulvet sammen med meg og lekte dukkehus. Vi fant på alle mulige fantastiske ideer for å få Barbie og Ken ut i verden. Vi reiste til London, Paris, Roma og til og med til Sydney i Australia. Da han først dro, savnet jeg ham veldig, men nå, etter at han forlot oss uten et ord, ikke engang et enkelt farvel, savnet jeg ham nesten ikke i det hele tatt.

Mamma kom inn i stuen og tørket hendene på forkleet sitt. Jeg innså at det var lenge siden jeg hadde sett på henne på ordentlig. Jeg mener virkelig så på henne. Her sto jeg og fortalte henne om alt det fantastiske som hadde skjedd i livet mitt, og hva hadde hun å se frem til? Etter at pappa dro, hadde livet hennes blitt hundre prosent preget av å ta vare på broren min og meg.

Mamma unnet aldri seg selv noe eller kjøpte noe pent til seg selv, selv om hun oppfordret oss til å gjøre det. Hun hadde vært sammen med pappa i nesten femten år da han dro. Tenkte hun på ham? Savnet hun ham? Var hun ensom? Mamma fortalte meg at hun ville støtte meg hundre prosent uansett hva jeg ville gjøre med livet mitt, så lenge jeg var sikker på at det var det jeg ønsket. Hun fortsatte: "Modellbransjen er en hundespisebransje, og for å klare det, må du jobbe ræva av deg. Selv om du ble spurt om å være modell for Goddess Creator Fashion, betyr det ikke at det er det rette karrierevalget for deg."

"Det er en risiko, men det er verdt å ta den. Hva er det verste som kan skje? At jeg faller på trynet i de høyhælte skoene?" Vi lo begge ved tanken på at jeg skulle sprette ut over catwalken. "Jeg ville verken være den første eller den siste - jeg tror det er verdt å gi modellverdenen en sjanse. Jeg hater jobben min på kundesenteret. Jeg vil ha mer for meg selv, synes du ikke jeg fortjener en sjanse til noe annet? Noe bedre?"

"Du vil være ditt største hinder og din største kritiker, Christina. Det finnes sikkert andre kritikere i verden, men du må huske at uansett hva de sier, må du bare gjøre deg selv fornøyd. Du trenger ikke å leve opp til deres forventninger."

Hun hadde rett, hvis jeg lot dem rette søkelyset mot meg, måtte jeg være sterk nok til både å akseptere og avvise det som ble sagt om meg. Indre styrke ville være nøkkelen. Uten den ville jeg være på drift i en verden av tynne modeller som prøvde å passe inn. "Jeg vil gjøre en forskjell for alle jentene der ute, som deg og meg, som aldri har hatt en sjanse. Jeg vil vise dem at skjønnhet kommer i alle former og størrelser."

"Jeg tror du har det. Hvorfor gir du ikke den damen en ring, så setter vi oss ned og spiser middag?"

"Jeg sover kanskje bare på det," sa jeg.

Mamma så bekymret på meg, men gikk så med på det. Hun gikk tilbake til kjøkkenet, og jeg kunne høre henne vaske seg og holde seg i gang der ute. Jeg visste at hun prøvde å sende meg signaler om at jeg skulle ringe nå, før jeg ombestemte meg, men tenk om hadde begynt å sive inn.

Jeg så at mor kom tilbake for å se til meg, akkurat da telefonen begynte å summe.

Nummeret avslørte at det var Sharon Lindt, Goddess Creator Fashion.

"Nå skjer det!"

KAPITTEL 8

HUN KJENTE IGJEN STEMMEN min med en gang. Vi slo av en kort prat. Fru Lindt sa at hun hadde funnet kontaktinformasjonen min på nettet. "Jeg lurte på om du hadde noen spørsmål til meg nå som du har fått tenkt deg om litt? Jeg håper at du har tenkt seriøst over tilbudet mitt."

"Ja, fru Lindt, det er alt jeg har tenkt på. Jeg er interessert i å finne ut mer om forslaget ditt. Hva er det egentlig jeg trenger å gjøre? Som jeg sa tidligere, har jeg ingen modelerfaring."

Hun hørtes fornøyd ut, veldig fornøyd. "For det første, kall meg Sharon. Ingen erfaring er nødvendig. For den rette kandidaten vil vi gi opplæring. Jeg glemte å fortelle deg om insentivet for å prøve deg. Derfor tenkte jeg at jeg skulle ringe deg i kveld, så du får alle detaljene og kan ta en informert beslutning."

"Et insentiv for å prøve?" Jeg gliste. Mamma rykket nærmere for å lytte til telefonen sammen med meg. I stedet satte jeg fru Lindt på høyttalertelefonen, slik at mamma også kunne høre alt som ble sagt live.

"Ja, i tillegg til trening får vinneren en reise med alt betalt til Goddess Creator Fashion Show i Paris. Vi har lagt grunnlaget for dette, og det kommer til å bli en fantastisk mulighet for en ung kvinne å delta på. Når hun blir med i Goddess Creator Fashion Team, er det bare fantasien som setter grenser."

Jeg kunne ikke dy meg, som en liten jente skrek jeg. Det gjorde mamma også. Jeg falt nesten ned av stolen. Jeg ante ikke at det fantes moteshow i Paris for større kvinner, men hvorfor skulle det ikke gjøre det?

Sharon må ha merket det på stemmen min, for hun fortsatte: "Vi får mye oppmerksomhet for visningen. Hvis du blir valgt ut, vil vi gjerne at du skal være med. Det er ikke lett, men uansett hvem vi velger, vil Goddess Creator Fashion stå hundre prosent bak dem."

"Det ville være en drøm som gikk i oppfyllelse, å få dra til Paris", kvekket jeg mens tankene mine vandret videre til tanker om å klatre opp i Eiffeltårnet og spankulere langs en catwalk. Om å spise franske bakverk, drikke ekte champagne, besøke Louvre, Jim Morrisons grav og danse langs Champs-Elysees.

"Er du fremdeles der?" spurte Sharon.

"Ja, jeg er bare litt star struck. Jeg har ikke pass, og jeg snakker ikke flytende fransk."

Sharon lo. "Det er helt i orden. Du får tid til å ordne opp i alt - etter bootcampen, hvis du blir valgt ut. Vi har folk om bord som kan hjelpe deg hvis det trengs. Ikke tenk på detaljene. Bare tenk på å si ja og vinne."

Ordene Boot Camp ga gjenklang i hodet mitt. Jeg så for meg hvordan det ville være. Et rom fylt av fyldige jenter, sminket til det ytterste, som stappet seg i stilige klær og kjempet med de høye hælene for å vinne premien, en reise til Paris med alt betalt, en gang i livet. Jeg ville ha den. Jeg ville vinne.

"En ting til. Hvis du vinner, kan du ta med deg et familiemedlem til Paris for å se din debut på défilés de mode - oversatt betyr det moteparade."

Mamma ga fra seg et skrik som jeg er sikker på at ble hørt helt til Frankrike.

"Ja", sa vi begge sammen i telefonen.

"Jeg skal sette deg i kontakt med noen av mine ansatte. De vil informere deg om detaljene for Boot Camp. Det vil gi deg muligheten til å venne deg til tanken, til å dyppe tåa i vannet litt etter litt i stedet for å dyppe hele foten i det på én gang."

"Det høres helt fantastisk ut", sa jeg. Jeg var så opprømt at jeg nesten ikke klarte å snakke ordentlig, og jeg holdt telefonen i et jerngrep.

"En ting til," sa Sharon, "Casser une jambe. Det betyr å brekke et bein på fransk, og jeg mener det. Jeg er med deg, Christina Langdon. Lykke til."

Mamma og jeg holdt på å falle om av begeistring.

"Oui! Oui!" sang vi inn i telefonen.

KAPITTEL 9

I DAG ER DET Boot Camp-dag! Her står jeg og roter i klesskapet mitt, lager et enormt rot og har fortsatt ikke en eneste ting å ha på meg.

"Bank, bank", sa Brandon, og som alltid kom han inn før jeg rakk å be ham om det.

"OMFG Christina, du må bare ta på deg noe så jeg kan kjøre deg til Boot Camp - du må ikke komme for sent."

Han gikk bort til sengen, tok opp et par svarte bukser med skinnstriper langs det ytterste buksebenet og en bluse med knapper - "du trenger en svart BH til dette", formante han, og så gikk jeg for å skifte. Brandon hadde en fantastisk sans for mote, spesielt når det gjaldt kvinner. Jeg lurte på om han en dag kunne bli en berømt motedesigner selv, men nei, han var glad for å jobbe sammen med meg og de andre på kundesenteret hver eneste dag.

Jeg tok meg sammen, og det tok ikke lang tid før jeg var påkledd og klar til å gå. Jeg var så spent at hendene mine skalv da han sa i et svært irritert tonefall: "Øh, sminke?"

"Hva skulle jeg gjort uten deg?" spurte jeg mens jeg satte meg foran speilet og begynte å sminke meg. "Ikke for mye," refset Brandon.

I mellomtiden satte han seg bak meg, børstet håret mitt og satte det opp. "Så de kan sette pris på den svanelignende nakken din." Jeg fniste.

Jeg tok på meg et par flate sko, og så gikk vi ned trappen, der mamma ventet, smilende som en forelder som sender barnet sitt av gårde til skoleballet.

"Du er så vakker!" sa mamma. Det var ikke ofte hun sa det, og det gjorde meg enda mer opprømt da hun knipset noen bilder og lovte å ikke legge dem ut på sosiale medier uten min eller Brandons godkjenning. På vei ut ga jeg henne en klem, og jeg kunne se at hun kjempet mot tårene.

Knærne mine knakk da vi gikk ut til Brandons kombikupé. For å roe nervene stoppet vi for å kjøpe latte i drive through-butikken. Selv om vi var litt sent ute, visste vi at det alltid var tid til en kaffepause.

"Sommerfuglene i magen min er helt gale", innrømmet jeg.

"OMG! Jeg har empatiske sommerfugler!" kvekket Brandon.

Vi lo som gale. Helt til en av favorittsangene våre, av The Doors, kom på radioen. Brandon skrudde den opp på full guffe, og vi sang av full hals. Før vi visste ordet av det, var vi framme på parkeringsplassen der Boot Camp snart skulle finne sted.

Brandon gikk ut av bilen først. Jeg klarte ikke å røre meg. Han kom rundt og åpnet døren for meg og sa: "Du skal få denne kjerringa."

Jeg lo, glattet til antrekket foran og gikk ut. Sammen gikk vi bort til inngangspartiet.

Bygningen var grå med sølvfargede kanter på utsiden, men den hadde mange vinduer. Det så ut som om det hadde vært en fabrikk, på en god måte. Vi spaserte gjennom svingdørene og holdt hverandre i hendene. Brandon var alltid der for å gi meg moralsk støtte - han var klippen min.

Inngangspartiet var storslått, med mye gull langs kantene av rulletrappene og lysekroner i glass i alle former og størrelser som hang fra taket. Vi jublet og jublet mens vi gikk bort til sikkerhetsskranken.

"Christina?" spurte mannen i uniform.

"Ja, det er meg." WTF? Hvor hadde det kommet fra? Pretensiøst eller hva?

Brandon lo og dyttet meg fremover.

Jeg gjorde det ikke med vilje, det var bare nerver. "Hvordan vet du hva jeg heter?"

"Bli med rundt og ta en titt", sa Travis Whiting (sikkerhetsvakten) til meg. Da jeg gikk gjennom porten, så jeg et bilde av meg selv på datamaskinen. Det var tatt fra Facebook-profilen min eller fra et eller annet sted på nettet. Ikke det mest flatterende bildet, men han kjente meg i hvert fall igjen.

"Kult", sa jeg, men så så jeg opp og la merke til at Brandon sto på den andre siden av svingen. "Han er sammen med meg", sa jeg.

"Jeg beklager, men ingen har adgang til dette punktet uten forhåndsgodkjenning eller sikkerhetspass", sa Travis.

Brandon så veldig oppgitt ut, men han forsto at det var utenfor min kontroll. "Jeg går og sjekker nabolaget for å se hva som skjer. Send meg en melding når du trenger meg, så kommer jeg tilbake og henter deg. Ha en fantastisk tid på Boot Camp! Slå dem i hjel!"

Jeg sendte ham et kyss og så på mens han gikk rundt svingdørene og vinket, en gang, to ganger og så tre ganger. Han sendte meg et kyss og sa: "Tre ganger flaks."

Jeg sendte et kyss tilbake.

Travis viste meg veien til Boot Camp. Jeg trakk pusten dypt, sjekket sminken min i et speil på veien og satte av gårde.

KAPITTEL 10

I ENDEN AV DEN lange gangen, fylt med bilder av lekre kvinner i alle fasonger og størrelser, var det to store, vindusløse dører. Jeg påpeker det vindusløse, for fra utsiden hadde dette stedet massevis av vinduer. Men vi befant oss helt bakerst, dypt inne i hjertet av bygningen. Det betydde at jeg ikke kunne se inn i Boot Camp-rommet på forhånd for å finne ut av stedet, og det var det heller ingen andre som kunne.

Spent gikk jeg forbi alle de andre jentene. De stirret på meg. Et par nikket. Jeg trakk i håndtaket for å gå inn og sette meg til rette, men ingenting skjedde. Jeg prøvde den andre siden av dobbeltdøren, og heller ikke da skjedde det noe.

"Øh," sa en jente rett bak meg, "vi må vente her til de slipper oss inn."

"Å, takk skal du ha." Jeg gikk litt rundt mens jeg sang noen Tom Petty-tekster om å vente i hodet.

"Er det første gang for deg?" spurte den samme jenta.

Jeg nikket akkurat da klokkene begynte å ringe ganske høyt. Først ringte de sakte, så ringte de raskere og høyere. Alle jentene reiste seg og beveget seg fremover, mens de forsøkte å finne en god plass. Som ved et trylleslag åpnet dørene seg, og vi strømmet fremover. Jeg følte meg som Dorothy på vei inn i landet Oz.

Først holdt vi sammen ved inngangen, så presset vi oss innover som en gruppe og kom snart frem til midten av lokalet, og jeg så meg rundt. Det var usedvanlig lange trerekker med stoler til venstre og like lange stolerader til høyre. Tanken på å sette meg ned var det første jeg tenkte på. Jeg var så nervøs. Luften var fylt av spenning og forventning mens vi ventet.

Over høyttaleren annonserte en kvinnestemme: "Velkommen til Goddess Creator Fashion-kandidatene. Vennligst still dere opp på en rekke, fra den høyeste til den laveste. Takk skal dere ha."

Vi gjorde som hun ba om; jeg var midtveis i rekken.

"Begynn med den høyeste, og sett dere til venstre på en av sitteplassene. Når alle plassene er opptatt, ber vi resten av kandidatene om å ta plass på benkene på høyre side. Vennligst bli sittende, og dere kan snakke stille med hverandre i noen øyeblikk. Høye stemmer og/eller aggressiv oppførsel vil resultere i fjerning og/eller utestengelse på livstid av medvirkende kandidater. Vi i Goddess Creator Fashion takker for at dere har kommet, og ønsker dere lykke til!"

Nå som vi hadde satt oss, så vi på hverandre. Vurderte hverandre. Uansett hva som skjedde, var vi alle i en konkurranse sammen. Vi kjempet om retten til å få en plass. Alle kvinnene der var usedvanlig vakre, noen påfallende unge og noen omtrent på samme alder som meg. Noen få var eldre, mer erfarne, og deres sans for mote skrek "velg meg". Riktignok hadde vi det til felles at vi alle var Plus Sized, men noen var på grensen fordi de hadde høyden til sin fordel.

Jeg tenkte på hvor jeg passet inn og hvilke sjanser jeg hadde, da en høy jente på den andre siden fanget oppmerksomheten min. Hun var en ekte skjønnhet og utstrålte selvtillit. Hun smilte og sa "lykke til", og jeg gjorde det samme til henne. Det var snilt av henne å gjøre det, kanskje denne giggen ikke kom til å bli så "dog eat dog" likevel?

Jenta som satt rett ved siden av meg, skalv som et espeløv da hun spurte: "Er dette første gang for deg? Jeg heter Lilith, og du er?"

"Hyggelig å treffe deg, Lilith, jeg heter Christina, og ja, dette er første gang. Jeg er veldig nervøs."

"Hyggelig å treffe deg, jeg er også nervøs. Det er ganske skremmende - jeg mener når de store dørene åpnes for første gang, men du blir vant til det, og de fleste som kommer hit, er hyggelige når det først begynner å skje noe. De vil begrense antallet, og hvis vi kommer gjennom nåløyet, får vi bli og gå videre til neste trinn."

"Så dette er ikke første gang for deg?" spurte jeg.

"Nei, jeg har vært her mange ganger, men det gjør meg alltid så nervøs", sa Lilith. "Uansett hvor mange ganger jeg kommer hit, er det alltid som om det er første gang."

Jeg tenkte på det å komme hit gjentatte ganger og bli avvist. Det krevde mye mot å fortsette å komme tilbake. Jeg sa det, og la til: "Så de har redusert antallet?"

"Ja, stort sett med en gang, så de kan komme i gang med arbeidet", sa hun mens hun skalv. Jeg la merke til at hun hadde gåsehud langs underarmene. Jeg hadde vært nervøs, men da jeg nå så hvor nervøs Lilith var, ble jeg på en måte mindre nervøs.

"Ingen har fortalt deg om prosessen. Hvilken organisasjon rekrutterte deg?" spurte hun.

Jeg følte meg ikke komfortabel med å fortelle henne at eieren av Goddess Creator Fashion hadde rekruttert meg personlig. I stedet sa jeg at det var en venn av en venn som hadde koblet meg sammen, og den forklaringen virket helt grei for henne.

"En gang i måneden inviterer de oss hit - gir oss en visning - men de velger vanligvis bare ut en håndfull jenter som får prøve seg på neste nivå. Jeg har vært her i seks måneder nå, og så langt har de ikke valgt meg ut til å gå videre til det første nivået."

Jeg telte raskt hvor mange jenter som var til stede på begge sider, og inkludert meg selv var det tjuefem. Med tanke på at dette var første gang, regnet jeg med at oddsen ikke var i min favør. Faktisk hadde jeg sannsynligvis liten eller ingen sjanse, når jeg så på konkurrentene mine.

"Hva slags modellering har du drevet med før?" spurte hun.

Jeg løy igjen: "Bare lokale ting, her og der. Hva med deg?"

"Jeg har min egen nettside, og jeg har vært modell for Wal-Mart, Target, Sears og et par andre kjeder da de utvidet sine Plus Size-kolleksjoner. Jeg tar alle jobber jeg kan få, men Goddess Creator Fashion, å jobbe med dem, er drømmen min. Jeg fortsetter å ta andre jobber for å legge dem til CV-en min i håp om at drømmen en dag skal gå i oppfyllelse."

"Jøss, det er fantastisk", sa jeg akkurat da en kvinne kledd fra topp til tå i en knallrød buksedress kom gående over gulvet med en lang, spiss pinne i hånden. De piggete hælene hennes, som så ut til å være minst åtte centimeter høye, laget pucketa pucketa-lyder da hun krysset rommet på tregulvet. Kvinnen så ut til å være minst to meter høy uten sko, og hun så derfor ut som en forbasket mager kjempe. Bak henne fulgte en mann på rundt 1,80 meter som tappet kontinuerlig på iPad-en sin.

"Hun er virkelig noe for seg selv", sa Lilith, "bare se på. Jeg mener, se og lær."

"Skremmende."

"Du har ikke sett noe ennå."

Jeg trodde kvinnen ville gå langs den ene siden og så langs den neste. Men nei, hun skulle skremme først, og så velge folk på måfå. Men før hun gjorde det, skulle hun gå rundt og se på oss som om vi var valper som ventet på å bli adoptert.

Da hun nærmet seg oss, satte Lilith seg oppreist, og jeg gjorde det samme. Uheldigvis falt telefonen min ut av lommen og ned på gulvet. Kvinnen reagerte ikke og så ikke direkte på meg (gudskjelov!) da jeg tok den opp og la den ned i vesken. Jeg følte meg som en nybegynner.

"Lilith Martin", sa kvinnen, og jeg applauderte.

Før hun reiste seg, hvisket Lilith til meg: "Hvis hun roper navnet ditt, er du ferdig." Hun trakk pusten dypt, jeg kunne se at hun kjempet mot tårene: "Lykke til, og jeg håper å se deg neste gang. Jeg gir ikke opp."

Vi håndhilste kort, og så gikk hun. Jeg følte meg så dårlig. Hvorfor hadde hun slått ut stakkars Lilith, og så først? Ingen ville være den første som måtte gå. Det var som å være den første som ble stemt ut av Survivor.

Hun ropte opp navn etter navn. Jeg hoppet til da hun snakket. Stemmen hennes var høy og med et register som spiker på en tavle. Alle valgene var tilfeldige og uten noen spesiell rim eller grunn som jeg kunne se. Snart var det bare to igjen, den høye amasone-kandidaten fra den andre siden av veien og meg. Dette måtte være en slags spøk, ikke sant? Meg mot henne? Jeg så meg rundt og lurte på om det var skjulte kameraer, og om noen kom til å løpe ut og rope aprilsnarr. Men vi var jo ikke i nærheten av april.

"Bli med," sa kvinnen. Den andre modellen og jeg smilte mens vi gikk over gulvet. Den lille mannen med iPad-en tok bilder av oss da vi kom sammen, og fortsatte deretter å tappe lystig i vei.

"Gratulerer, kandidater", sa kvinnen i buksedress og undersåtten hennes i kor. Hun banket på stokken sin og snudde seg.

"Takk," sa vi.

"La oss komme i gang. Vi har arbeid å gjøre!" sa kvinnen mens hun skyndte seg gjennom rommet med den unge mannen tett etter seg.

Vi modellaspiranter gikk bakerst.

KAPITTEL 11

V I GIKK UT AV hallen og lekte "følg lederen". Snart befant vi oss i et eget rom med en catwalk klar. Plattformen virket ikke så høy som jeg hadde forestilt meg. De på film og i moteprogrammer så alltid så høye og lange ut. Kanskje de hadde gjort den lavere for at vi nybegynnere ikke skulle saksøke dem for skader når vi falt av.

"La oss gå rett på sak," sa kvinnen i buksedress. "Jeg er madame Levesque, og du kan kalle meg madame Levesque. Dette er min PR-agent Jeremy Bolt."

Vi nikket hei, og så fortsatte hun: "Jeremy vil følge dere til garderoben, der en assistent vil velge antrekk og kle på dere begge. Dere må ha på dere det de velger for dere, inkludert skoene. Deretter sender de dere til sminkerommet, hvor dere får en full makeover. Vennligst lytt nøye til alle tipsene som stylistene gir dere, for de er uvurderlige, og uten dem er dere ingenting," sa hun som om hun hadde sagt det hundre ganger før, mens hun banket med stokken i takt med hver stavelse.

Konkurrenten min rakte opp hånden, som om hun var i skoletimen. Madame Levesque la merke til det, men ignorerte henne og begynte å gå sin vei. Så uhøflig, tenkte jeg, men jeg var glad jeg ikke hadde prøvd å spørre om noe.

Alt dette var ekstremt spennende. Jeg skalv ved tanken på å gå ut på catwalken og ta meg nedover den. I tankene husket jeg Sex in the City da Carrie Bradshaw hadde falt. Jeg lo stille for meg selv, mens vi fortsatte å følge tett bak madame Levesque.

Jeg fokuserte på å få en fullstendig makeover. Jeg følte meg så heldig som hadde fått denne muligheten.

Vi stoppet, og madame Levesque banket stokken sin i gulvet to ganger.

"Nøyaktig klokken 14.15 er du klar til å gå på catwalken." Hun kastet en mynt i luften, "si ja", sa hun, og jeg sa "mynt". Mynten traff gulvet og trillet. Sammen gikk vi bort for å se resultatet, det var mynt - jeg måtte gå først.

"Når musikken begynner, skal dere være klare. En etter en. Dere skal gå nedover catwalken - dere skal gå for livet. Etterpå vil jeg bestemme hvem av dere som skal fortsette å trene på Boot Camp som forberedelse til Goddess Creator Fashion Show i Paris. Lykke til, begge to!"

Det snurret i hodet mitt da vi fulgte etter Jeremy for å møte skaperne våre (eller rettere sagt makeoverne våre.) Det var en engangsforeteelse, og jeg måtte rett og slett være oppsiktsvekkende.

KAPITTEL 12

Min konkurrent og jeg ble skilt fra hverandre uten å bli formelt presentert. Hun så ut som en proff, og som nybegynner var det kanskje bedre slik. Uten å møte meg ville hun tross alt ikke ha noen kunnskap om min manglende profesjonelle modellerfaring. Siden verken hennes eller mitt navn hadde blitt ropt opp, var vi begge i samme båt.

Da vi kom frem til rommet mitt, åpnet Jeremy døren med et pennestrøk, dyttet meg forsiktig inn på rommet og lukket døren. Jeg hørte skrittene hans utenfor da han gikk sin vei. I mellomtiden sto jeg der og ventet på at noen skulle anerkjenne mitt nærvær - men det var det ingen som gjorde.

"Yoo-hoo", sa jeg. Jeg forestilte meg at Carson Kressley befant seg bak dør nummer én. Jeg gikk bort og åpnet den, men det var ingen der. Jeg tok imot all hjelp. Selv fra de to kvinnene som hadde sitt eget show på britisk TV for noen år siden. Men ingenting. Ingen var her. Jeg var helt alene.

Jeg så på klokken og innså at om nøyaktig én time skulle jeg gå ned den catwalken - og at den turen enten ville være avgjørende for min karriere som modell eller ikke.

Jeg vurderte å sette meg ned, men bestemte meg for at det ikke ville hjelpe på situasjonen. Jeg åpnet døren i håp om å kunne spørre Jeremy om råd, men han var ikke i sikte. Jeg ville ikke få panikk, men det fikk jeg likevel. Ikke helt, men jeg ringte Brandon og fortalte ham hva som hadde skjedd, og han ba meg om å sette i gang - å sette i gang og banke dem opp.

Etter noen øyeblikk med ren panikk gjorde jeg det enhver rødblodig modell ville ha gjort: Jeg begynte å plukke antrekk fra klesstativet. Begrenset antall antrekk. I håp om å spare tid når hjelperen min kom. Lette etter det perfekte antrekket.

Jeg tok bilder av plaggene og sendte dem til Brandon, vi snevret inn utvalget, og med min beste venninnes hjelp var jeg på god vei til å se perfekt ut.

Etter flere forsøk, og med klokken tikkende og Brandon på høyttalertelefon, bestemte vi oss for en formell look, sexy, men ikke for sexy. Vi valgte sko, veske, øredobber og en liten hårspenne til håret mitt.

"Du tror vel ikke at jeg jukser?" spurte jeg Brandon.

"Nei, for faen," sa han, "de holdt ikke sin del av avtalen. Men du bør legge på nå, kjære, hvis du er helt rolig og klar. Øvelse gjør mester. Glad i deg!"

"Glad i deg også, Brandon, og takk."

Nå som jeg var påkledd, øvde jeg meg på å gå opp og ned og late som om jeg var på catwalken. Skoene jeg hadde valgt var komfortable, og jeg var ikke redd for å falle eller snuble. Nå følte jeg meg supersikker og gikk bort til et speil for å friske opp sminken, før jeg kikket på klokken. Klokken var 14.10, og det var bare fem minutter igjen til showet. Jeg benyttet meg raskt av fasilitetene.

Med bare noen øyeblikk til overs falt jeg ned i en behagelig stol (forsiktig så jeg ikke krøllet noe) og følte meg veldig fornøyd med det Brandon og jeg hadde fått til. Sammen var vi en regulær tour de force.

Et øyeblikk senere banket det på døren, og det var Jeremy.

"Ingen kom for å hjelpe meg."

"Jeg vet det." Han kastet et blikk på antrekket mitt og smilte. "Bli med meg."

"Vent litt. Hvorfor var det ingen som hjalp meg?" spurte jeg.

Jeremy stoppet opp og snudde seg for å se på meg. "Det er ikke min oppgave å forklare, men jeg kan si deg én ting: Du trengte ikke hjelp. Du ser rett og slett fan-ta-bu-lous ut!"

"Takk," sa jeg, "nå setter vi i gang."

Jeremy lo.

Selv om vi hadde gått ned korridoren før, tok vi en annen rute da vi gikk tilbake, og det så ut til å ta en evighet å komme frem. Jeg fikk øye på konkurrenten min, sammen med et team av mennesker, for det meste kvinner, som pyntet håret hennes og gjorde de siste justeringene. Hun så fantastisk ut, og hun var klar og ivrig etter å gå, selv om jeg skulle gå først. Hun så på meg fra topp til tå og så bort.

Jeg har deg, bitch, tenkte jeg.

Jeg løftet haken, og da signalet kom, gikk jeg ut i de skarpe lysene.

KAPITTEL 13

ØRST KUNNE JEG IKKE se noe som helst fordi de sterke lysene blendet meg. Jeg husket moteshowene jeg hadde sett på TV. De fleste modellene brukte solbriller, men frem til nå hadde jeg trodd at de var et tilbehør. Nå innså jeg at de var en mye viktigere ressurs å ha. Jeg ønsket virkelig at jeg hadde noen.

I tillegg til at det var ekstremt lyst, fikk varmen fra lysene meg til å føle at sminken min skled og snart ville dryppe nedover ansiktet mitt. Jeg gikk fortere. Fokusert. Selvsikker

Jeg fortsatte å gå. Da jeg kom til enden, tok jeg en sving, med et blunk. Jeg stoppet, tok en ny sving og gikk tilbake. Da jeg nådde forhenget ved enden, følte jeg meg triumferende. Jeg falt ikke. Jeg hadde klart det!

Konkurrenten min hadde nå solbriller på da hun kom ut på catwalken. Hun var svært komfortabel der ute, og selv jeg kunne kjenne spenningen i luften da hun gjorde sin greie. Det hun hadde på seg passet henne, hun hadde gått hundre prosent casual med jeans, jakke og en liten caps. Hun hadde høyhælte støvler med pigghæle hæler, og hun gjorde svingene perfekt og kom snart tilbake.

Det hele var raskt overstått. Til sammen hadde vår vandring for livet bare tatt noen minutter.

Vi sto side om side og ventet i stillhet, tilfredse med å vite at vi hadde gjort alt vi kunne.

KAPITTEL 14

NOEN ØYEBLIKK SENERE KOM Jeremy ut av intet. I hendene holdt han to hvite konvolutter, en til hver av oss. Etter at han hadde levert dem, snudde han og gikk. Amazonasjenta rev konvolutten opp uten å nøle. Jeg iakttok ansiktet hennes. Uttrykket hennes forandret seg ikke. Hun plukket opp tingene sine og gikk. Så merkelig.

Nå var jeg helt alene og la fra meg konvolutten. Jeg tok av meg skoene og gikk ut på catwalken. Det var kanskje min siste sjanse til å gå på den. I stedet for å snu meg rundt, satte jeg meg denne gangen med beina dinglende utenfor kanten. Jeg følte meg som en liten jente på nytt. Jeg skulle ønske mamma kunne ha vært her. For å se.

Tidligere, da lyskasterne var på, kunne jeg ikke se så mye av salen. Nå var de svake, og jeg kunne se at det ikke var noen seter langs sidene, slik jeg hadde forventet. Salen var stort sett et tomt rom. På en måte var det et trist rom, altfor stille. Den lengtet etter å bli fylt av mennesker og musikk.

Nå var jeg klar, og jeg så på konvolutten. Jeg tok den opp og rev den opp. Inni lå to flybilletter til Paris, hotellreservasjoner, et kredittkort, noen kontanter og en håndskrevet lapp:

Gratulerer Christina &

Velkommen til Goddess Creator Fashion Team!

Jeg visste at du kunne gjøre det!

Sharon Lindt

President og administrerende direktør

Goddess Creator Fashions.

Jeg falt tilbake på catwalken, så opp i taket og gråt som et lite barn. Jeg kunne ikke tro det. Jeg, Christina Langdon, skulle bli modell for Goddess Creator Fashion.

Etter å ha roet meg ned, ringte jeg Brandons nummer. Jeg hulket ut hvor jeg befant meg og ba ham om å komme og hente meg. Han sa han skulle komme. Jeg ventet. Jeg var så stolt av meg selv. Jeg gledet meg til å fortelle ham nyheten.

"Babe, Babe", ropte Brandon da han kom inn i rommet. I hælene på ham fulgte sikkerhetsvakten, som var rød i ansiktet og veldig sint. Jeg hadde ikke tenkt på vakten. Det hadde ikke falt meg inn at forespørselen min ville skape en scene. I mellomtiden stormet Brandon mot meg.

Jeg, med sminken striper nedover kinnene. Jeg som så ut som om jeg hadde tapt rollen - ikke vunnet den. Han hadde misforstått. Jeg måtte sette ham på plass, og det raskt.

"De jævlene! De komplette og fullstendige drittsekkene."

Jeg brast i gråt og begynte så å fnise. "Det er i orden."

Brandon må ha trodd at jeg endelig hadde mistet besinnelsen, for ansiktsuttrykket hans gikk fra medfølelse til sinne. "Hvor er de?" ropte han. "La meg få tak i dem, jeg skal..."

"Unnskyld meg," sa Jeremy. "Hva er det dere roper om her inne? Vi kunne høre dere helt ned i gangen, og madame Levesque er ikke begeistret."

Jeremy vekslet et par ord med sikkerhetsvakten og bekreftet at han skulle ta seg av situasjonen, og til slutt gikk vakten.

I mellomtiden gjorde jeg et forsøk på å snakke med Jeremy, men Brandon var for rask, og han dyttet rett forbi meg. BFF-en min gikk bort til Jeremy, og han gjorde noe

Jeg kunne ikke tro at han noen gang ville gjøre det - han prikket ham. Ja, han puffet ham rett på brystet og sa: "Hvordan våger du?"

Jeremy tok et skritt mot Brandon og sa: "Hvordan våger du!"

Jeg løp bort og dyttet meg inn mellom dem. Jeg la venstre arm rundt halsen til Jeremy og høyre arm rundt halsen til Brandon og sa: "Jeg tror vi har en liten misforståelse her."

Begge guttene stirret på hverandre, og det var som om de kunne se rett gjennom meg. Og det var ikke så rent lite, størrelsen og vekten min tatt i betraktning.

"Kan dere to være så snille å slutte og la meg forklare?"

Det tok en stund, men de roet seg ned. Jeg bestemte meg for at min beste strategi var å dele og herske.

"Først av alt, Jeremy."

"Og hvorfor er han først?" Brandon avbrøt med begge hendene på hoftene. "Hvem er han forresten? Du har kjent meg i årevis. Jeg er såret helt inn i hjertet. Vi er bestevenner, og nå setter du denne fremmede først? Over meg?"

"Å, bror", sa Jeremy.

Brandon tok et skritt mot ham, ansiktet rødt som et slag.

"Ta en chill pill," sa jeg.

Han roet seg ned, og jeg fortsatte å snakke med Jeremy og forklarte hva som hadde forårsaket misforståelsen. Han lo, mens han så på Brandon. Jeg kunne se det i øynene hans, han beundret hvordan Brandon beskyttet meg. Han smilte og ba Brandon om unnskyldning. De tok hverandre i hånden, ble enige om å la fortiden være fortid, og så forlot Jeremy rommet. På vei ut så jeg ham se seg tilbake over skulderen. Han var helt opptatt av Brandon. Ja, det var bare et øyeblikk. Jeg la merke til det, men Brandon var helt uvitende, for han var hundre prosent fokusert på meg og mitt velbefinnende.

Jeg innså at Brandon og Jeremy ville vært et veldig søtt par.

Nå var jeg alene med Brandon, som gikk som om det ikke fantes noen morgendag, og jeg fortalte ham at jeg hadde fått modelljobben og snart skulle reise til Paris. Vi danset rundt i rommet og holdt hverandre i hendene som to små barn. Han var så glad på mine vegne, og jeg var så glad på mine egne vegne. Vi hadde gjort det sammen. Uten hans hjelp ville det aldri ha skjedd. Vi var blitt enda bedre bestevenner.

Er ikke livet morsomt når du oppnår en drøm du ikke engang visste at du ønsket deg? Riktignok var dette bare begynnelsen, og jeg hadde mye arbeid å gjøre før jeg kunne bli en ekte modell, men døren var åpen nå, og alt jeg trengte å gjøre var å jobbe hardt, så hadde jeg en sjanse til å klare det.

Vi gikk ut for å feire og drakk litt for mange Mojitos. Jeg ertet Brandon med Jeremy og spurte om han syntes han var søt.

"Jeg la ikke engang merke til fyren med iPad-en", sa Brandon.

"Løgner, og han var helt betatt av deg. Han sjekket deg ut og alt mulig."

"Du finner det bare på," sa Brandon.

"Vi får se, men dere to ville vært et veldig søtt par."

Etter at vi kom hjem ganske sent, sov Brandon på gulvet på rommet mitt over natten. Om morgenen fortalte jeg mamma og broren min de gode nyhetene. Mamma hoppet opp i luften og hoiet. Vi fire holdt hverandre i hendene og danset rundt i en sirkel. Alle var så lykkelige, vi danset rundt som fulle meksikanske hoppebønner og hadde det helt fantastisk.

"Hva skal du ta med deg til Paris?" spurte Brandon.

"Hva skal du ha på deg i Paris?" spurte mamma.

"Hvordan kommer de til å forstå deg?" spurte broren min.

"Hva skal du gjøre med jobben din?" sa de i kor.

Jeg var for bakfull til å tenke på noen av spørsmålene deres, så jeg gikk og la meg og drømte om Paris og champagne! Som Scarlett O'Hara i Borte med vinden skulle jeg tenke på det i morgen tidlig.

TAKK

Kjære lesere,

Bare en liten takk til dere som har lest boken min, og til alle som har hjulpet meg med å gjøre den bedre, inkludert redaktøren(e), korrekturleseren(e) og betaleserne.

Som alltid, god lesning!

Cathy

OM FORFATTEREN

Den prisbelønte forfatteren Cathy McGough

bor og skriver i Ontario, Canada,

sammen med sin mann, sønn, to katter og en hund.

OGSÅ AV

SKJØNNLITTERATUR
Alles barn; Ribbys hemmelighet
13 korte historier (som inkluderer: Paraplyen og vinden;
Margarets åpenbaring
Løvetannvin (FINALIST I LESERNES FAVORITTBOKPRIS))
Intervjuer med legendariske forfattere fra det hinsidige (2.
PLASS BESTE LITTERÆRE REFERANSE 2016 METAMORPH
PUBLISHING)
NON-FICTION
103 innsamlingsidéer for frivillige foreldre med
skoler og lag (3. PLASS BESTE REFERANSE 2016 METAMORPH
PUBLISHING)
+ Barne- og ungdomsbøker